詩集

夢通分娩

鎌田東二

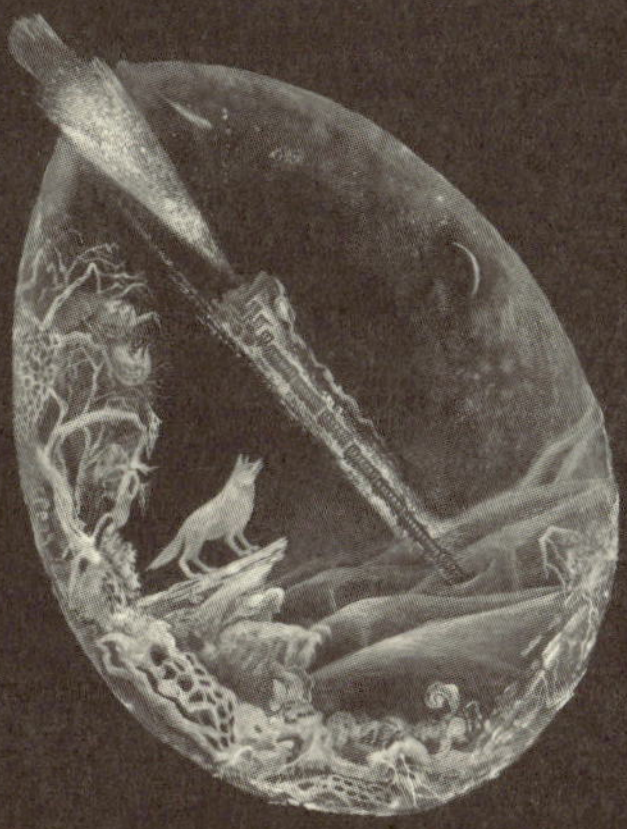

土曜美術社出版販売

詩集　夢通分娩

目次

カバー画／門前斐紀

詩集　夢通分娩

天令

一本の槍が大地から冷蔵庫を貫いて天に刺さった。額から暗黒星雲が拡がったが密偵無理強いはなかった。窮地に追いやられた銀行に酢酸原始心母が鳴り響き遠くの少年に指電話が届いた。過去を捲る巫女の瞳に桜吹雪が散乱啼泣した。様子見していた柳が一斉に芽吹き空を覆い尽した。罅割れた腰椎第一楽章は崩落しつつ港に逃げた。追いかける花形刑事の胸に真紅の銃口。もう逃げられないよ。逃げ場はないよ。蟻地獄走行不能。冷凍室の氷河は溶けて溢れ大陸は潰れた。往けるもの往ける者たちよ。見上げた空に乾坤一擲端のない虹が架かり墜落する元始空母を半折れしながら支えていた。

夢通分娩　I

1　産母

母さん
ぼくがあなたを産んだ日
あなたはぼくを捨てた

葉脈はどこまでも伸びゆき
血管深く食い込んだ

すがるような思いで
取りつく島もない岬に乗った

ほら
どこまでも空は蒼いよ
いつまでも海は青いよ

朽ち果てた回覧板を
遠目の狐が運んでいる

母さん
ぼくがあなたを呼んだ日
あなたはぼくを手放した

臍の緒だけが唯一の通信回路
けれど万能の食連鎖と夢通信

母子は太古の海にたゆたっていた
湧いてくる明日の泡と消えてゆく昨日の木の実

ともに時じくのかくの実を齧って
秘密の奥歯を分け合う

つながる
　きれる
つながる
　きれる

だが　この切り株からしかマゼラン星雲もアンドロメダ星雲も生まれない

遠くは近く
　近くは遠い

手の届かないところで一つになっている幸不幸

蒼穹のメビウスを摑んでぼくは母を食い破って出た

どこまでも空は蒼く
いつまでも海は青かった

母さん
ぼくがあなたを産んだ日
あなたはぼくを捨てた

2　生命の樹

ぷりり　ぬりり
生命の樹
ふたこぶラクダ
遠ざかる夢

一足遅く駆けつけた
見つけられない扉まで
イシュタルの神殿
聳え立つ柱廊に隠れた薄衣

ぬめやかなしたたり

滴、落ちたり、肥後の海
かけがえのないものほどすばやく手放してしまう
生きてあることの陥穽

せんりつ

笊のような人生を封じ込めた接吻に傾斜してまで
想い出を召喚する立行司

さあ
洞窟は開かれた
誰にも見通せぬ闇夜に

金の林檎と蜜

甘さを失くした先に甦る麒麟
そのたてがみに押し寄せる目も眩む津波に
溺れ呑まれ弾かれ
今日一日を生き急ぐ

るり　めり　さり　ぬれ　おぼ

3　神剣

とどまることをしらぬ世界樹
その光をうけて

未知をさぐる
手はあたたかい

いつも交信可能なように
半開きの口元を
あなたはゆるめたりすぼめたりしながら

蜜の暗号を呪文のように唱えていた

みゅーとうり　きゅーたうり　しゅーみたり

意気軒高と駆け抜けてゆく童子
少年の花びらで胸元をそめて
りきんでまっかになった星座
満月から送り届けられた神剣

破ることのできない判決を切り裂いた古代文字は
鼠がもんどりうって走り込んでいく海に送信された

危機は回避された
と

白鷺の明日が告げた

そう
飛鳥よ
おまえの翼に沁み込んでいる怨恨は
どのような乳房によってもほどかれることはない

こどくなどというなまやさしい
毒を
ぼくはのまない

あなたのくちから
そでがしたたりおちるまで

4　猛霊

猛霊が伐り込んでくる闇夜
渤海は浮かぶ

ふかぶかとしたのりしろに
ねぶられて

おまえどおし
つかみきれない面通しに
かなしみのおたけびを聴いた

きみはいつまでも
うしろをふりむかないから

でも
めのまえも見ていないから

ひろがっているのは
どこまでも開放しつくされている天の穴と地の穴の
ふたつ

その二相を両眼としてきみは視る
みえないものを
みえるものをくいやぶって

ほとばしる稜線をかじる
分度器90度の悲嘆
沸騰する補助線

さわぐな
翁顔の笑顔の中に
とてつもない暗黒星雲
すべてを吸い込んでなおとどまることのない
負の永久音叉がかそけくとどく朝まだき

きみはいさぎよくひとりで逝った

5　通信放下僧

とびぬけてひろい八王子の壺屋
ひっかかってくるツバメと左舞する

どこまで右旋回するの
キタキツネは問うた

曼珠沙華ならいいのね
サハラ砂漠まで
追いかけてアフリカ

潜り込むインド洋に
海上保安庁の漬物

捕まらないからって
すりぬけて無事であったためしがないよ

遅れがちになる時間
半コマずつ遅延する
でもその間に光速通信回路が
ネットワーク果てしない断崖で
落ちて切られて拾われて
天上放下僧として旅する

ユーラシアが溶けるバター飴
脳漿噴火見学会
アイスランドで
瑞のみあらか
さいぶりのさとと
うちくだかれし股間に
アメリカが　墜ちた

そして列島はくらげなす漂へる島のまま

諸国一見の僧は没落する

6　出雲鳥兜

鳥兜
生え抜きの澪標
滑り落ちて
行き着いた

渾沌こそがいのちのみなもと
ちからのいずみ

歪みを抱えた踝に突き刺さる生類憐みの令

毒消し里の入れ歯

こだわりをすててこそ
まじわりをかさねてこそ
いきどおりをわすれてこそ

ここだくのつみいでむ

みずからがおのずからに変ずる水位
そのなにげなしのまなざしにかけて
季節を食べた

おりてくる芋柱と
二階屋の後家と

さむらい

かるたはさるた
猿田彦大神の赤かがちのまなこに
埜中のともしびがゆれる

そんなはずはない
と
言い切ったとたんに
神経回路は外れた

そして
このやちまた
まよいびとさわに　出雲へと

7　秘儀伝授

列聖
襟を立てて岸壁を破す

みちがえるほどに
金襴緞子の鼬の子
なわなくに

しかし垂涎あけぼののみずうみに
生れ落ちて初めて恥を知る
みずみずしさの秘儀伝授

金色の野に
天鳳回路を張り巡らせて
絶命寸前の始祖鳥の羽ばたきに乗って
彗星無縁のほしめぐり

いのちあるものよ
いのちみじかきものたちよ

洌征
ゆかねばならぬと
きりあげたあげくに
天目の声に割り込んで
破てたちつてと

8　秘文字

とんでもない
非科学の扉

明けても暮れても
見通せない視界

四面楚歌を憂う役立たずな三輪車
どっちつかずのホワイトボード

日陰から競り上がってくる株式情動に呑み込まれて
市場のＡＩがパンクした

則天去私
測定不能
則天武后
側転不孝

いやはや
道路工事ですら
免許皆伝のプロジェクトで
押し迫った期日前の情報開示に
バイヤーは逃げた

いうまでもなく
嫁ぎ先を教えず
稼ぎ時も分らず
騒ぎ道を戻らず
とんでもないハレルヤに
決済は決壊

しかし誰一人
そのことを理解した者はいなかった

終末論秘記
書くそばから文字は消えていった
秘文字秘文夜
とっくりを抱いて寝た

9　妹の力

半壊越えの
凪の海を
途絶えたままの妹とともに

かぎりなく
さぎりなく
くぎりなく

くりだした

死海荒海
荒廃無敵

叩き出す暗号だけ
そのぶん酸素が補給される
交じり合うことのない交点で手旗信号を懸命に振る
白色レグホンのようなシジフォス

さわがしくもないが
さわぎたてるでもなく
啄木鳥の打音に討ち果てた
戦士黎明に目覚む

やはり

今生ではそいとげることができぬ
おまえなら
せめて夢通勧進帳のいちまいの絵言葉となって
白鷺は凛々しく脱糞する

おう
見事なまでのペルセウス座流星群
夜空に懸かる虹の如く
春の花魁のほどかれし帯の如く
なまめき
くるめき
はしめき
ぬれおちた

ゆくりなくも
不渡り手形
合鍵がどこまでも求めゆく合一に向かって
銀河第一雪渓の角を折れ曲がって
ずり落ちてもがく

笑ってばかりいる童子と
手をつないで　飛んだ

夢のさ中へ

10　少女雪乃

小暮返し
死ぬるほどの
明野原

ビジテリアンで
大根引き抜き
とーせんぼ

夜店一度ならずも

妖しかり
濡れ天狗

そぼ降る石楠花道を辿って
連綿たる集積回路月下美人に出会う

プレサイボーグの今宵
ひとりぐらしの老翁に羽根が生えた

どこまで飛んでいけるか

予測はつかないが
死後は間近

地獄でも極楽でも頽落でも文楽でも何でもよい
見下げ果てた奴と衣替えした矢先に昇天間引き

朽ち果てし都の
みやびやかなきざはしをつたって
わが慕情
鮮烈に賀茂川を流れてゆく

行く先不明
老いの先に一寸法師の孔が見えた

そこから
あめの八衢へ
司牧する少女雪乃は託宣を発した

アイウエオ！

夢底開闢

夢底開闢

壹　フラフープ

虚空に巨大なフラフープの風船が浮かんでいた。二重の風船の上に不安定に足をかけて男は女の腰を抱いた。女はにっこり微笑んでしあわせねと言った。下を見ると赤茶けた火山の噴火口と真っ青な海。よく見ると距離が伸び縮みするようで目がくらくらした。男はこれは夢だろうかと女に問うた。女はええ夢よなぜなら遠くのものが近くに近くのものが遠くに見えるからと答えた。男は夢ならここから一緒に墜ちていこうと女を誘った。女がそれはできませんと断ると忽ちそこは地面となった。男は安定した地面の上で女を抱き寄せた。雪乃はにっこり微笑んでそれに応え二人はやさしく口づけた。

夢底開闢

貳　夢幻底

若き女写真家が講堂で美と霊性について理路整然と静かに講義をし終えた。と思う間もなく隣にあった大きな書棚を見上げて突然書物を全部荒々しく投げ散らした。棚の置物もすべて床に叩きつけて壊した。最後に一番大きな置物を叩き壊そうとした時講堂主の老人がやめろと止めようとしたが後の祭りだった。置物は激しく床に叩きつけられ壊れて勢いよく転がった。よく見るとそれは巨大な人間の頭。雪乃は壊れた頭の脳みそを思いっきり蹴り飛ばした。脳みそがコロコロと音を立てて転がった。なるほどそうか常世の魂というものは無限定なものなのだと納得した。虚空に夢幻底という言葉が鳴り響いていた。

夢底開闢

參　亀嶋の翁

亀屋と書いた旅館に入ると二階の部屋に通された。大勢の人がいた。中に浴衣がけの老人がいて立ち上がって障子を開けて二階の縁側に導いてくれた。後を大勢の人がついてきた。老人が障子を開け放つと巨大な海が目の前にあった。一瞬亀の妖怪かと見間違ったほど大きな巨岩の島があった。島は二段となっており手前に亀そっくりな島がありすぐ背後に大きな岩島があった。手前の亀島の後ろ脚に当たるところが洞窟になっていてそこから荒々しい波が打ち寄せて来ていた。その光景を見て雷電に撃たれたような衝撃を受けた。稲妻が走った。身も心も魂もすべてを貫いていく遠い律動。その瞬間老人は浴衣のままで荒海の中に飛び込み見事な俊敏さで見る間に洞窟の中に消えていった。洞窟の中から激しい波が打ち寄せてきた。奥はどこまでつづいているか予測がつかないほど深く遠く深遠に見えた。追いかけて行きたい飛び込みたいと思った。が洋服を着ていたので瞬時惑った。と思う間に飛び込む機会を失った。見る間に波が高まり激しさを増してきた。老人は大丈夫だろうかと心配になった。波が引くまでに六時間はかかる。老人の後を追いかけ飛び込んで洞窟の中に入っていきたい。気持ちの高ぶりを抑えかねた。三十分ほどして老人が帰ってきた。がずぶぬれになっているそぶりはない。不思議だ。老人はにこやかに微笑んでいる。前歯が欠けているので好々爺に見える。老人が目の前に両手を差し出した。中に米と小さな粒粒のチーズが載っていた。受け取って少し食べた。これを他の人にも分けなければ。口の中で米とチーズが混ざった。遠くから波音が聴こえてきた。次第に音が大きくなりいつしか口は洞窟となり荒波を激しく吐き出していた。洞窟は果てしない常世に通じていた。

夢底開闢

肆　夢海童子

夢通生死海変異開闢。卵生質朴夢海童子は電子レンジを抱えて覗き見た。海の向こうに何があるか。秘密曼荼羅生死海の果て。渦巻く潮。泡立つ御霊。三千世界一つひとつの宇宙繚乱。童子は踵を伸ばして跳び上がり鳥を摑んで投げ込んだ。絶食絶海絶滅。いのちくるめき見る間に泡は膨らみ悉皆敗者を包んで広がった。鳥兜咒とともに魔弾の火を噴いた。炎天アビルシアメトル。カムラチヲウメギ。青が赤に赤が黄に黄が緑に変幻する色即是空の僧海。蛭子童子は夢飼の業をし遂げて空に身を投げた。空舟。どこからどこまでが空でどこからが海か分からなかった。境界線溶融。投身夢飼童子変異通信断絶。すべてが始まりを持たない始まりの中で空中墜落しながら全存在総事象を名付け盡した終末まで。アビラダデボラビシュスバーハ。

夢通分娩　Ⅱ

11　永遠

歴史に残る
快挙
と言われて
頁を繰った

白紙

そこに何が浮かぶ?
おんながきいた

蒸気機関車がはしっている
昭和レトロの

一面の水田風景が
暗転するより早く瞬時に
大雪原に変じ
光速回転
砂漠の砂塵に巻き込まれた

深層海流が向きを変えたのよ
やさしげな声がしたとたん
氷河が崩れ落ちた
積年の恋とともに

誰一人犠牲になることなく
ひとつのほしはいのちをおえる

えいえん
という文字が空を覆い尽した

だがそれが何語で書かれているのか誰も読めなかった
なのに
だれもがそれを理解した

それがえいえん

爪弾きされたピアニッシモの夜

あまりのかそけさとノスタルジアに
すべての想い出を消去した

白紙の先に

れきしはあるの？
おんながきいた

12　少女始源

はたからみていても
なんのことはない
但し書きの日常

そこに
鮮烈横槍の注釈

一書に曰く
二書に曰く

三書に曰く

曰く付きの土俵
誰もが追い詰められて
うっちゃる寸前　光陰矢の如し

さざめきのフーガ
メインテナンスを忘れた入れ歯の生類の記憶

かつて恐竜であった頃の空を覚えている
どこまでも青く　蒼く　碧く
あおさでぶちきれた癇癪

犬歯は疾走する

カンブリア紀から
ジュラ紀まで

てをつないだまま
はしったのに
蒼空に吸い込まれて溶けた
分子生物学の公式通りに

八雲立つ出雲
と
呼ばわる大音声の白亜紀殿堂で
父母未生以前の始祖鳥の卵を抱いて眠る

少女始源は夢通分娩しつづけた

13　秘密漏洩

秘密漏洩

どこにも秘密はないのだけれど
どこでもいつでも秘密だらけ

すべては開示されているのに
いたるところで謎だらけ

空海は如来秘密と衆生秘密があると言ったけど

秘密にしているのは自分自身

知覚の門に
通行量の制限があるから
一挙光速通信などはいうまでもなく
夢通通信もテラバイトを超えすぎて
秘密漏洩してしまう

個人情報などという衆生秘密に
宇宙全方位情報の如来秘密が説教しても
誰も行方不明の念仏

昔は馬の耳に念仏と言ったが
今は人の耳に念仏と言う

念仏という極意を秘密漏洩してくれた
金星少女

君の指通信はいつも黄昏れ
消息しぐれ
宵の明星と三密加持する

ほら
夢通分娩真っ最中
きらきら星だよ

14　相続

嫡男は沈黙した
相続は混乱した
誰もが相続権を持っていた
全国民のみならず全生民
いのちあるものすべて
生類相続

悉皆成仏と木の葉が舞った
岬の突端で

急カーブするバイク
死者を乗せて
相続を相続する
独白は途切れた

見渡せば
一二三四
死海最果て
望みなくして朽ち果てる
アマルカンド
閑上の空は抜けていた
断固ハルマゲドンと

15　天狼

金目のものは粗い
　という

金目とは　天狼眼
ものとは　物の怪
粗いとは　荒魂

すべてに情報がまとわりついている
情もあれば

報もある
それが一つになって　情報となる

だが
情は心に青だ
報は幸に服の旁だ
心に青い服を着て幸福のメッセージを届ける

どんなメッセージ？

天晴れて地豊かに人麗しく和む

そうあってほしい
が　そのような願いが叶えられることは少ない

少ないが皆無ではない

あなたのこころのこころまで
あなたのからだのからだまで
あなたのたましいのたましいまで
メッセージの矢は飛んでゆく
真っ芯の的に向かって

でもね
受け止めきれないよ
業窟よ

われら情報漂流民は受送信ともに不信任案可決

情報漏れがあまりにひどく
あまりに情報ケアが遅れているから
世の中に誤解曲解弾解滅解が止むことはない

如来通信網が張り巡らされているにもかかわらず
われら情報音痴の方向音痴は修正されず
通信機器を破壊する
南無薩埵三菩提

外連味を抜いて生きよう
ペリエの炭酸が抜かれても
CO_2の透明に届くはず
あらたまの咲き出づる未来に

16　空舟

うつほ舟
はえぬきの恥辱
オホーツク海から瀬戸内海を経て不知火海と東シナ海までを串刺しにする
怨　　　念

とどまることをしらぬ
航海術は危険極まりないが
しかし一木一生、突撃撃沈することができる

アナキズムとニヒリズムとファンダメンタリズムのシュールな混淆に
吐き気を催しながらも悦楽の波をＳＮＳする
マジンガーＺ

相手にされないよ
だれにも
そう言ったにもかかわらず
世紀の大演説をくりひろげて
下高井戸
熱狂の高架橋を墜落する

受け手
謡本をかかえて
通りすぎたユタは

なにやら
まじないじみた渡月橋から飛翔して
とどくはずのない
とこよに
ウツボ舟を出す

涙医師遍照後悔
尽きせぬいのちを
むやみやたらに袋詰めにする
分子生物学のヒロイン

そう
宇津保船はわたしよ

ひるこ　あわしま　あわじしま
どこにも　しまっ子はいない

なのに　新月
うつほの舟に　ろうろうたる空念仏が　なりひびき
まだ見ぬ朝の　出遭いを　夢む

17　死ステム

佐々木小次郎
あなたの背丈ほど伸びた猜疑心
もてあまして
一路
リーピチープは往く
この世の果ては遠い
誰もが分かっていることだが

誰にもわかっちゃいない

密厳浄土
暗黒神話
猿の惑星

どこからどこまでが第一楽章で
リズムも変拍子だから
不定期刊行物のように
非連続機関銃の如く社会非実装する

とんでもない
杓子定規な
わかめの姫よ

浮いた晴れたの
憂き世じゃないか

愛い奴め
憂い奴よ
有為八津と

しがらみみぐるみさんすくみ
知られることなき家計簿を
ほどきつづけて老婆となった赤猪子無慚

きみの名をよびつづけて
ぼくは百匹のしらみをのみこんだ

手の込んだ猿芝居と
武蔵は言う

だが猿蟹合戦
世界は魔女乱打の如く
入り乱れて横浜

その先がないところまで
走り抜けるのみ
疾風怒濤の聖剣と

18　出航の朝　マンモスは到来する

みなと　という声がする
　ぬきて　をきっておよぐひと
　　マンモスの到来

時は告げる
　時はない、と。

走り行く日輪
　影が寄り添いて少女となる

むかし、あまてらす、という名の巫女がいた

かげろうが何層にも塗り込められて
　世界の壁面をふくらます
　　虚像の王国よ

汝臣民に告ぐ
　仕える王はいない
　　いのちあるものよ
　　　いのちにのみつかえよ

にしきのみはた　は　ない
　ときのしるしが　かわっても
　　変声期の少年のように孤独である

その心を摑むことはできない

こころある捨て石に聴いた
未来は　今ここにある　と
だが　だれも　それを見なかったし　聴かなかった

だが　しるしは　はっきりときざまれている
告げるものがある
知らせは届く

地平線の向こうに風が吹いて
舞い上がる風船に乗って
ノアは往く
希望と絶望の同居する　の国へ

誰もが鍵を持っていた
だが、誰も扉を開けることができなかった
　扉が何層にもなっていたから
　　開けても　開けても　先があったから

カルマのくさりときほぐすまで
　柔軟体操の時間を生きる

時は来た
チャイムは鳴る
出かける準備はすでに終えた

出航！

だが、いづこへ?

19 ゆめい

むっちゃゆくえゆめいの
きみなれど

どこまでゆけど
はてしなし

さんかくづきんの
ひこぼしと

ものみゆさんのしりからげ
ひっきりなしのてつかぶと
つぶてのむかうゆめじかな

沖に舟があった。何日もそこに浮かんだままだったが舟乗りはおろかどのような影も気配も見えなかった。何のためにそこに出現したのか。陸地の人間は沖を眺めては不審を募らせた。夜になった。舟の周りに銀の魚が集まった。月下一群跳ね飛びながら舟を越えていった。越えるたびにどこからともなく不気味な声が聴こえた。ギョギョ禦。しかし変化はそこまでだった。それ以外にどのような動きも見えなかった。一週間が過ぎた。陸人たちはもはや誰もその舟に関心を抱かなかった。ただの流木のように浮かんでいる空舟だったが休むことなく途切れることなく交信しつづけ未来人に夢通分娩した。

20　海月なす漂へる国

クラゲなすただよへるしまの
憂鬱

孤独ともいう
その名は
依り代

やほよろづの神々はいるのに
これほど多様な生類はないのに

クラゲなすただよへる島の
孤独

それは
内から蝕む蟲毒が
この毒死列島を食い荒らしたから

不知火少女は宣言した
霊界通信も辞さず

やまたのをろちという
猛毒を
ふしぎにあやしいかみつるぎのくすりに変えた島なのに

今そのような魔法をだれがつかう?

生類憐みの令　輪

つながらぬ
とぎれた通信
とじられた花環

修理固成のその先に
矢車剣之助いざ見参

行こう
天の岩戸を抉じ開けに
暁烏のトビウオたちといっしょに

どこまでもどこまでも
虚空開闢
新事記のお筆先のままに

時の鐘を呑み込んだ
乎 炉 蜘 爛漫

ピアニッシモは震えた

光の海
　見下ろしていて
　　落ちた

いのちのささやき
　いっしゅんいっしゅんになりひびくこえ
　　とおいかげろうのような

生きてあること
遠くのものに耳かたむけること
死者たちはなげく
聴いてくれ

寄り添い人は全身耳になる
すべての星は全球光になる
すべてのいのちは影になる

ピアニッシモは震えた。指の先に無数の星が降っていた。地面を裂いて雷が大蛇の舌のように天空に延びていった。待っている者は十字路で事切れた。屍体を片付けるために遺族は木に登って天に唾した。死者を悼むために。応えぬモノが時の沖から頭を擡げた。すべてのいのちあるものよ。越えるのだ。超えてゆくのだ。嘆きの谷を下れ。悲しみの海を渡れ。苦しみの岬から飛べ。飛ぶのだ。恐れるな。鎮魂の石笛が途切れた。どこにも静寂はなかったが沈黙が支配した。世界はこれほど喧騒なのに。死んだように声がなかった。死者は甦らない。終わった先に海が開ける。港はある。指先から光が漏れた。ピアニッシモは顫えて瞳を大きく見開いたままゆっくりと身を投げた。

著者略歴

鎌田東二（かまた・とうじ）

一九五一年　徳島県生まれ

詩集『常世の時軸』（二〇一八年）
神話詩小説『水神傳説』（一九八四年）
著書『神界のフィールドワーク――霊学と民俗学の生成』（一九八五年）
『翁童論――子どもと老人の精神誌』（一九八八年）
『宗教と霊性』（一九九五年）
『神と仏の精神史――神神習合論序説』（二〇〇〇年）
『霊性の文学誌』（二〇〇五年）
『神と仏の出逢う国』（二〇〇九年）
『言霊の思想』（二〇一七年）
『熊楠と賢治』（二〇一九年）他多数

所属　上智大学グリーフケア研究所特任教授　京都大学名誉教授　放送大学客員教授

詩集　夢《む》通《つう》分《ぶん》娩《べん》

発　行　二〇一九年七月十七日

著　者　鎌田東二
装　丁　直井和夫
発行者　高木祐子
発行所　土曜美術社出版販売
〒162-0813　東京都新宿区東五軒町三—一〇
電　話　〇三—五二二九—〇七三〇
ＦＡＸ　〇三—五二二九—〇七三二
振　替　〇〇一六〇—九—七五六九〇九
印刷・製本　モリモト印刷
ISBN978-4-8120-2514-7　C0092